DESTINS DE CHAMPIONS

Texte : Luca Caioli et Cyril Collot.

Photos : FAUGERE FRANCK/PRESSE SPORTS (couverture et p. 3), MOUNIC ALAIN/PRESSE SPORTS (pp. 52, 99), MANTEY STEPHANE/PRESSE SPORTS (p. 55), LAHALLE PIERRE/PRESSE SPORTS (pp. 57, 81, 82), REAU ALEXIS/ PRESSE SPORTS (p. 59), ALFONSO JIMENEZ VALERO/CORDON/PRESSE SPORTS (p. 67), HERVIO JEAN MARIE/PRESSE SPORTS (p. 70), Aaron Foster / The Image Bank / via Getty Images (pp. 1, 4, 123-125, 127).

Conception graphique et mise en pages : Audrey Thierry.

Hachette Livre, 58 rue Jean-Bleuzen, 92178 Vanves Cedex.

DESTINS DE

CHAMPIONS

Luca Caioli   Cyril Collot

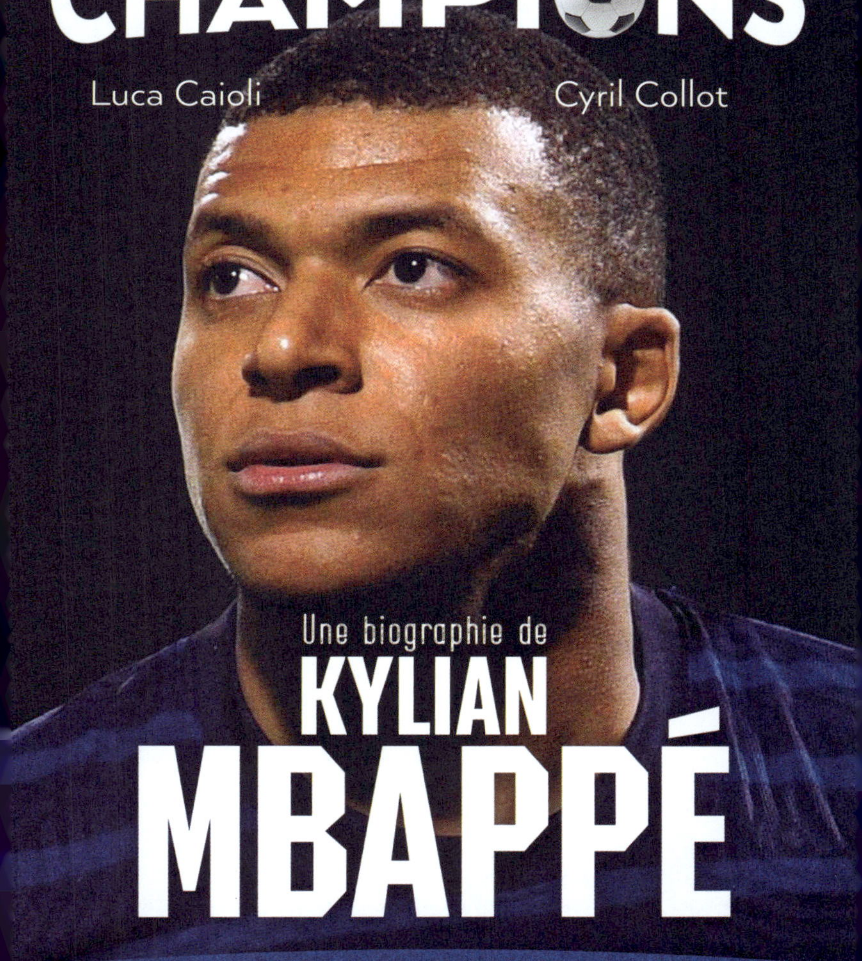

Une biographie de

KYLIAN MBAPPÉ

★ **Le petit prince des stades** ★

hachette JEUNESSE

Kylian MBAPPÉ

Pays : France
Club : Paris Saint-Germain
Poste : Attaquant
Numéro : 7 (PSG)
ou 10 (équipe de France)
Taille : 1,78 m
Poids : 73 kg
Date de naissance :
20 décembre 1998

Palmarès

Meilleur buteur de la Coupe du monde :
2022 (équipe de France)

Vainqueur de la Coupe du monde :
2018 (équipe de France)

Vainqueur de la Ligue des nations :
2021 (équipe de France)

Vainqueur du Championnat de France :
2017 (AS Monaco), 2018, 2019, 2020, 2022 (PSG)

Meilleur buteur du Championnat de France :
2019, 2020, 2021, 2022 (PSG)

Vainqueur de la Coupe de France :
2018, 2020, 2021 (PSG)

Vainqueur de la Coupe de la Ligue :
2018 (PSG)

Vainqueur du Trophée des champions :
2019, 2020 (PSG)

MBAPPÉ

10

CHAPITRE 1

Allée des Lilas

★★

On l'appelle la Cité des Fleurs en raison du nom de ses rues. C'est un quartier dans le centre-ville de Bondy, commune de la banlieue nord-est de Paris. Au 4, allée des Lilas, une voie bordée d'arbres, se trouve un bâtiment blanc de cinq étages. C'est ici que la famille Mbappé s'installe dans un appartement trois pièces, au cours de l'automne 1998.

Fayza a alors 24 ans. Algérienne d'origine, elle a grandi à Bondy nord. Elle a fréquenté le collège Jean-Zay et le gymnase juste en face de chez elle. À 12 ans, elle pratiquait le basket, avant de choisir le handball, et d'occuper le poste d'ailière au sein de l'Association sportive de Bondy, en division 1.

« Elle est partie de tout en bas et est devenue, à la fin des années 1990, l'une des meilleures joueuses de handball de la ville. Fayza avait du charisme, c'était l'une des meneuses de l'équipe, hyper-douée, hyperdure », raconte un ami de la famille.

« Sur le terrain, c'était une battante mais aussi une sanguine. Il ne fallait pas trop la chatouiller et, avec les adversaires, ce n'était pas toujours très amical. On se souvenait d'avoir croisé Fayza. Mais, en dehors du terrain, confie

Jean-Louis Kimmoun, ancien président du club, elle était et reste une personne très attachante. Elle faisait des blagues tout le temps. »

Fayza travaille comme animatrice, les mercredis et pendant les vacances scolaires, dans les maisons de quartier Maurice Petitjean et Blanqui. C'est là qu'elle rencontre Wilfried, lui aussi animateur.

« Ce sont deux grands sportifs, deux grands chambreurs, ils étaient faits pour s'attirer », explique un ami. Lorsqu'il s'installe allée des Lilas avec Fayza, Wilfried a 30 ans. Né à Douala, au Cameroun, il a rejoint la France en quête d'une vie meilleure. Après avoir vécu à Bobigny, il a emménagé à Bondy nord où il a poursuivi sa carrière de footballeur amateur. « C'était un bon joueur, un numéro 10, un milieu de terrain qui aimait bien garder le ballon. Il aurait pu faire carrière. Wilfried a tout appris au club, puis il a joué deux ans dans le club d'à côté. Après avoir arrêté, il est revenu chez nous. On lui a proposé un poste et il s'est consacré aux jeunes comme éducateur, puis comme directeur sportif », explique l'ancien directeur technique de l'AS Bondy, Jean-François Suner.

★★★★★★★★

20 décembre 1998. Il s'est écoulé cinq mois et des poussières depuis le célèbre « Et un, et deux et trois zéro ! ». Depuis les deux têtes victorieuses de Zinédine Zidane et le coup de grâce porté au

Brésil par Emmanuel Petit. Le souvenir de ce dimanche 12 juillet et du délire collectif demeure intact. Comment oublier un million et demi de personnes en liesse, ivres de joie, sur les Champs-Élysées ? Ou encore le cri de la foule : « Zizou, président ! » ? Comment oublier cette victoire à la Coupe du monde ? C'est au cours de cette année de consécration que Fayza et Wilfried reçoivent leur plus beau cadeau : leur premier fils. Né le 20 décembre, il est baptisé Kylian, Sanmi (abréviation d'Adesanmi qui, en yoruba, une langue d'Afrique occidentale, signifie « la couronne me va bien »), Mbappé-Lottin. Pierre, l'oncle paternel, également joueur amateur, se précipite à l'hôpital pour rencontrer le nouveau-né à qui il offre… un petit ballon de football. « Vous verrez, on en fera un grand footballeur », prédit-il à Fayza et à Wilfried en plaisantant.

Quelques jours après la naissance, la maman et son bébé rentrent à la maison. Plus tard, Fayza reprendra son travail à la mairie de Bobigny ; Wilfried, quant à lui, n'a qu'à traverser la rue pour rejoindre le stade Léo-Lagrange afin d'y entraîner ses jeunes protégés. « Kylian, on l'a vu grandir. Quand il a commencé à marcher, il s'est mis à taper dans un ballon juste au-dessus de la chambre de mes deux filles. Le dimanche matin, il transformait le salon en terrain de football, se souvient, amusée, la voisine du premier étage. Quand je la rencontrais, Fayza n'en finissait pas de se confondre en excuses. “Ce n'est pas grave, je lui disais, c'est un enfant, on ne peut quand même pas l'attacher." Et puis, pour un anniversaire ou un Noël, ils lui ont offert un djembé. Il ne s'arrêtait plus… et il en a fallu, du temps, avant qu'il oublie son nouveau joujou. Mais, à part le ballon et le djembé, Kylian était un enfant très gentil, très poli : il disait toujours "bonjour", "bonsoir", quand il me rencontrait, et on voyait que l'idée de devenir footballeur professionnel lui trottait déjà dans la tête. »

À 3 ou 4 ans, le petit Kylian se rend chaque jour au stade Léo-Lagrange. Et là, il ne laisse aucun répit à son père, responsable technique des équipes de jeunes de l'AS Bondy. Il veut jouer avec les grands, mais Wilfried estime que c'est encore trop tôt. Le futur numéro 10 de l'équipe de France se contente alors de taper dans le ballon avec les enfants de son âge, sur le petit terrain jouxtant l'école maternelle Pasteur où l'amène Fayza tous les matins. Quelquefois, il impressionne quand même les grands, là où travaille son père : « J'entraînais les gardiens, on finissait par des frappes devant le but et Kylian voulait absolument participer, raconte Jean-François Suner. Il criait : "Je veux jouer ! Je veux jouer !" Et Wilfried disait : "Arrête, Kylian, tu vois bien que tu ne peux pas." Au bout d'un moment, j'ai dit à son père : "Allez, Wil, laisse-le jouer." Kylian a participé à l'exercice devant le but. Il était petit, hein, et il mettait des frappes de mules dans le ballon ; nous, on rigolait... Même les gardiens n'en revenaient pas. Ils disaient : “Mais c’est qui, ce petiot ?” Et là, je me suis dit : “Ouh, là là ! Ouh, là là !” »

MBAPPÉ

10

CHAPITRE 2

Premiers pas à Bondy

★★

À 6 heures de l'après-midi, toutes les crêpes ont été englouties. Comme chaque mercredi, jour d'entraînement, et chaque samedi, à l'occasion des matchs, Karima en a préparé une centaine. Il n'en reste pas une miette. Inconsolables, les champions en herbe, affamés et gourmands, doivent regagner les terrains du stade Léo-Lagrange sans assiette fumante ni moustaches en chocolat. À la buvette, ils peuvent s'acheter une boisson ou quelques bonbons, mais ce n'est pas la même chose. Thierry Pointeau, ancien président de l'AS Bondy, sirote un café après avoir achevé sa séance avec la catégorie des U7-U8. Il connaît Kylian depuis qu'il est né et n'a pas oublié la première fois qu'il a enfilé le maillot vert du club. « C'était début décembre 2002, nous avions organisé un match pour le Téléthon. Il faisait froid et pluvieux, mais Kylian ne voulait pas manquer l'événement. Ce soir-là, nous avions un tournoi de débutants, alors je me suis dit que j'allais le faire jouer. Je suis allé lui chercher un maillot et un short et je l'ai envoyé sur le terrain. Il était tout petit et sa maman avait peur qu'il se fasse rentrer dedans, mais il est parti direct à l'abordage et cela s'est bien passé. Et, si je ne me trompe pas, il a marqué un but sur penalty. Kylian, c'était le petit chouchou du club. On le voyait entrer dans les vestiaires, se mettre dans un coin, en silence, pour écouter ce que disait l'entraîneur avant le match. C'est l'enfant qui a assisté au plus grand nombre de causeries au monde. Je crois qu'ils ne sont pas nombreux, les jeunes joueurs à avoir entendu autant de discussions techniques et tactiques, sermons et remontrances compris. Qui plus est, Kylian a toujours été une éponge, quelqu'un qui apprend vite : depuis tout petit, il a assimilé des notions de football que d'autres ont entendues et comprises des années après parce que son ADN était le ballon et le terrain. »

★★★★★★★★

L'entraînement terminé, Antonio Riccardi, responsable sportif du club, trouve refuge de son côté dans un petit local au sein des vestiaires, au milieu d'un va-et-vient de garçons et de filles. Il a lui aussi de nombreuses histoires à raconter : « Je me souviens de Kylian à 4 ans qui imitait les internationaux français en chantant *La Marseillaise*, la main sur le cœur, ou en interviewant ses copains à la fin des matchs. Il disait ouvertement : "Moi, je jouerai en équipe de France et je disputerai la Coupe du monde…" »

« C'est vrai, se souvient un membre de l'équipe qui a joué avec Kylian pendant des années. Il n'arrêtait pas de nous répéter qu'il voulait être professionnel, jouer au Real et décrocher le Ballon d'or. Et nous, on lui disait : "Vas-y, arrête !" » « On ne pouvait pas faire autre chose que sourire. On pensait que c'était un grand rêveur », précise Riccardi.

À 6 ans, l'âge minimum pour débuter en club, Kylian prend sa première licence à l'AS Bondy. Son père est son premier entraîneur.

« Wilfried ne lui faisait aucun cadeau. Il n'hésitait pas à mettre Kylian plus bas que terre pour son bien et pour montrer qu'il n'y avait pas de favoritisme. Il était sévère, mais il était pareil avec les autres gamins », explique le père d'un ancien partenaire de Kylian. Et comment était la future vedette du PSG ? « Il faisait des choses plus difficiles que les autres, il les faisait mieux et plus rapidement qu'eux. Et il les renouvelait à chaque match. Il était dix, vingt, cent fois supérieur aux autres. Il était vraiment extraordinaire. Sa plus grande qualité ? Il allait vite balle au pied. Il était naturellement doué. En tant qu'entraîneur, on ne pouvait lui donner des conseils que sur les décisions à prendre, du style : "Tu devrais tirer plus tôt", "tu devrais passer le ballon", ou "tu devrais dribbler un autre adversaire". Pour le reste, on n'avait rien à lui apprendre car, techniquement, il était exceptionnel et n'avait pas besoin qu'on lui répète les choses deux fois », reconnaît Antonio Riccardi.

★★★★★★★★

À la sortie des vestiaires, il fait un froid glacial et nuit noire. De l'autre côté des terrains de jeu, on ne distingue quasiment plus les tribunes ni l'inscription sur le mur d'enceinte : « Plus vite, plus haut, plus fort », une devise qui pourrait être celle de Kylian. Bien au chaud, récits et anecdotes sur l'ancien membre de l'AS Bondy se poursuivent. « Son idole, c'était Cristiano Ronaldo : il avait tapissé les murs de sa chambre de posters du joueur portugais. Il aimait le Ronaldo de Manchester United et des premières années au Real Madrid, le numéro 7 qui faisait des merveilles sur le couloir gauche. Il aimait ses dribbles : après les avoir vus et revus à la télévision, il cherchait à les reproduire sur le terrain », raconte son ancien éducateur.

Mais le footballeur cinq fois Ballon d'or n'est pas le seul champion qu'admire

Kylian : parmi ses héros, figure aussi Jirès Kembo-Ekoko, son grand frère « adoptif ». Jirès est né en 1988 à Kinshasa, en République démocratique du Congo. À 11 ans, il a signé sa première licence à l'AS Bondy. Wilfried est son entraîneur et deviendra son tuteur légal. Les Mbappé l'accueillent chez eux. Ils lui prodiguent de l'affection et lui permettent de réaliser son rêve : devenir footballeur professionnel au Stade rennais. Kylian adore Jirès, c'est son modèle, son idole footballistique, comme Ronaldinho et Zidane. Ses amis d'enfance le taquinent encore pour la fois où il a demandé la même coupe que Zizou au coiffeur... Ce dernier l'avait regardé comme s'il avait eu affaire à un fou ! Des années après, Kylian se justifiera ainsi : « Quand vous aimez un joueur, vous voulez tout faire comme lui. Et moi, à l'époque, je ne savais pas que c'était la calvitie. »

★★★★★★★★

« Kylian aimait le football, pensait au football et en parlait sans arrêt ; quand il n'était pas au stade, il jouait dans son salon ou s'installait devant sa console de jeux pour un match de FIFA. Et quand, à la télévision, ils diffusaient un match, vous pouvez être sûr qu'il n'en ratait pas une miette. Par-dessus le marché, il a grandi dans une famille où tous aiment le foot », explique Riccardi.

Une dernière question : à part le football, Kylian aimait-il les crêpes au Nutella ? « Malheureusement, quand il jouait ici, la buvette n'existait pas, explique l'ancien président, Thierry Pointeau. Mais maintenant, quand il vient nous rendre visite, il peut rattraper le temps perdu. »

CHAPITRE 3

La cour des grands

★★

Intelligent, vif, malicieux, rêveur, sympathique, hyperactif, indiscipliné, adorable, insupportable, difficilement gérable : c'est ainsi que certains enseignants définissent Kylian. Le problème n'est pas le français, la géographie ou les mathématiques, ni ses résultats – souvent satisfaisants –, mais son attitude, ses bêtises. Qui plus est, le garçon, incapable de tenir en place sur sa chaise, ne parvient pas à écouter les explications de ses professeurs et s'ennuie au bout d'un moment. La lenteur du rythme scolaire, très peu pour lui. Après la maternelle Louis-Pasteur, le jeune footballeur fréquente l'école primaire Olympe-de-Gouges. Yannick Saint-André, ancien directeur de l'établissement, se souvient « qu'il avait le profil d'un enfant surdoué ». Tous les soirs, Fayza a rendez-vous avec lui et avec Marc, l'instituteur, pour savoir comment s'est passée la journée, comment Kylian s'est comporté, quelles ont été ses notes. Très attentifs à la scolarité et à l'éducation de leur fils, Fayza et Wilfried l'inscrivent à de nombreuses activités. Le fiston prend des cours de tennis, de natation, de théâtre, de solfège et de chant. Il apprend même à jouer de la flûte traversière. Par ailleurs, afin de lui éviter dérapages et mauvaises fréquentations, ses parents l'inscrivent dans un collège privé de Bondy : le groupe scolaire Assomption. Même ici, on a un œil particulier sur lui : en 5e, c'est le seul élève à avoir une fiche de suivi ; à chaque heure, il doit la faire signer par ses professeurs qui indiquent alors par les mentions « bien », « très bien » ou « mal » son comportement pendant le cours. Kylian sait que s'il obtient de mauvais résultats, ses parents se montreront intransigeants. Alors, il consent à se mettre au travail.

L'entrée au collège n'est pas le seul changement dans sa vie. Depuis le 29 décembre 2006, il a un petit frère, Ethan. Il est arrivé en avance, et est resté pendant trois mois en observation à l'hôpital. Kylian a dû prendre son mal en patience avant de pouvoir le prendre enfin dans ses bras.

Quelque temps après la naissance d'Ethan, la famille emménage dans le sud de la ville, aux Coquetiers, dans un pavillon de la rue du Bel-Air. Les deux garçons ont désormais chacun leur chambre. Mais Kylian n'est pas forcément ravi de quitter l'appartement de l'allée des Lilas, parce que les footballeurs vivent près des stades et lui veut être footballeur. Ses coéquipiers, adversaires et recruteurs n'ont déjà aucun doute sur sa capacité à y arriver.

Mamadou Yaté, aujourd'hui, travaille avec les jeunes footballeurs de la Bondy Académie. « En 2005, j'entraînais le Stade de l'Est aux Pavillons-sous-Bois.

Contre l'AS Bondy, c'était un derby. J'avais entendu dire qu'il était très fort, que ce garçon avait des atouts extraordinaires mais, la première fois que je l'ai rencontré, j'ai été bluffé. À l'issue de la première mi-temps, le score était de 0-0. Mais ça ne s'est pas terminé comme ça : nous avons perdu, je crois, 5-1. Kylian a dû marquer trois buts. Il savait faire des choses que seuls les grands faisaient ; il voyait le jeu avant les autres et, quand il avait le ballon entre les pieds, les miens reculaient de peur de se faire dribbler et ridiculiser. »

« J'ai joué avec beaucoup de footballeurs passés pros, complète Théo Suner, qui a évolué avec Kylian dans presque toutes les catégories de l'AS Bondy, et je n'ai jamais vu cela, personne ne s'est approché de son niveau. Il dribblait tout le monde. Soit il marquait, soit il faisait marquer. » « Il était capable d'inscrire cinquante buts par saison en U13 et, dans les catégories inférieures, les buts, on ne les compte même plus. Il pouvait en mettre trois par match et faire deux passes décisives. À cette époque, certains auraient payé pour le voir jouer. Les recruteurs se pressaient autour des terrains », confie Riccardi.

C'est le cas, en février 2009, lors d'un match de championnat U13 au stade Robert-Gazzi de Bondy. « Le terrain était dur comme du ciment, se souvient Reda Hammache, recruteur sur la région parisienne pour le Stade rennais. Cela ne m'a pas empêché de me régaler et d'apprécier les qualités de Kylian. Comme il était surclassé de deux ans, il était plus petit et plus frêle que les autres, mais il avait déjà une belle allure, une élégance naturelle. Quand il touchait le ballon, il se passait toujours quelque chose. » Hammache est l'un des premiers représentants de club professionnel à flasher sur Kylian. Très vite, il est rejoint par d'autres confrères. Les jours de match de l'AS Bondy, il y a désormais foule derrière la main courante. « C'est le futur Ballon d'or », voilà comment David Lasry, l'œil du Stade Malherbe de Caen, présente sa dernière trouvaille à sa direction en septembre 2009.

En plus du Stade rennais et du Stade Malherbe de Caen, le Paris Saint-Germain, l'AS Monaco, le FC Sochaux, les Girondins de Bordeaux et le Racing

Club de Lens s'intéressent au gamin de Bondy. Le Chelsea FC est aussi sur les rangs. À l'automne 2010, Kylian est invité par le club anglais à passer une semaine au centre de Cobham, dans la banlieue chic de Londres. Il s'entraîne et joue un match amical remporté 7-0 face aux U12 de Charlton Athletic. Une expérience unique qui permet au petit prodige de visiter la capitale anglaise et le stade de Stamford Bridge. Durant ce court séjour, il rencontre Carlo Ancelotti, l'entraîneur italien de Chelsea, et l'attaquant vedette de l'époque, l'Ivoirien Didier Drogba. Kylian retourne à la maison avec le sentiment d'avoir vécu une expérience merveilleuse. Il ramène aussi un maillot des Blues avec écrit « Kylian 10 » au dos, qu'il accroche dans sa chambre.

Mais Chelsea ne parvient pas à rafler la mise. La famille ne donne pas suite : « Cela aurait été un trop grand bouleversement pour le petit et ses parents. Et puis, ils avaient déjà choisi les deux finalistes », assure un proche.

Le Racing Club de Lens et le Stade Malherbe de Caen sont au coude à coude jusqu'en mai 2011… « Je me souviendrai toujours du moment où mon téléphone a sonné, raconte Laurent Glaize. J'étais en vacances, lorsque j'ai vu s'afficher le numéro de Wilfried Mbappé. Il m'a dit : "Je te le dis à toi en premier : on a choisi Caen !" »

MBAPPÉ

10

CHAPITRE 4

À la Clairefontaine

★★

Thierry Henry, Nicolas Anelka, William Gallas, Blaise Matuidi ou encore Hatem Ben Arfa : tous ces internationaux français sont passés par Clairefontaine-en-Yvelines. Même Jirès Kembo-Ekoko, le grand frère adoptif, a fait ses classes à partir de 2002 dans le poumon vert du domaine de Montjoye. L'Institut national du football, situé à une cinquantaine de kilomètres au sud-ouest de Paris, est appelé communément « INF

Clairefontaine ». Ce n'est pas seulement le camp de base des équipes de France ; c'est aussi un lieu prisé par les jeunes footballeurs de la région parisienne. Depuis 1988, il permet aux plus talentueux de disposer quasi gratuitement de conditions optimales pendant les deux années de préformation entre 13 et 15 ans. Les apprentis footballeurs peuvent ainsi préparer au mieux l'entrée en centre de formation d'un club professionnel.

En attendant de rejoindre le Stade Malherbe de Caen à 15 ans, Kylian intègre l'INF Clairefontaine en septembre 2011. Quelques mois plus tôt, il a passé haut la main les tests de sélection. Il a même impressionné l'auditoire : « Mbappé a tout simplement crevé l'écran. J'ai été séduit d'emblée par ce gamin. Avec le ballon, il réunissait justesse technique et vitesse d'exécution, ce qui est très rare à cet âge », résume Gérard Prêcheur, l'ancien directeur.

Kylian retrouve l'INF chaque dimanche soir. Il s'entraîne ici tous les jours en bénéficiant d'une scolarité aménagée au collège Catherine-de-Vivonne de Rambouillet. Le vendredi soir, il retrouve sa famille à Bondy et joue le week-end dans son club. Il a à peine 13 ans lorsqu'il découvre l'internat de Clairefontaine, mais il prend très vite la mesure de sa nouvelle vie. Entre parties de cartes de 8 américain et discussions sur le foot, sa personnalité fait fureur auprès des autres pensionnaires : « Ah oui, c'était toujours le premier à lancer des vannes et à en remettre une couche, confirme Kilian Bevis. On lui donnait pas mal de surnoms : il y avait notamment "MBébé" pour son côté boudeur. »

« Kylian était un rigolo et l'un des premiers à mettre l'ambiance en se moquant des autres, notamment lors de concours de chant improvisés dans le bus qui nous conduisait de l'école jusqu'à l'entraînement ! explique Yann Kitala. On faisait des un contre un dans les chambres et, quand cela ne suffisait pas, on empruntait discrètement un balcon le soir pour descendre dans le parc et disputer des cinq contre cinq. Comme il n'y avait pas de lumière, on s'éclairait avec nos téléphones ! »

Mais à côté du plaisir de s'amuser avec des garçons de son âge, Kylian découvre la concurrence à Clairefontaine : « À Bondy, c'était la star de son équipe, le meilleur de son club et de son championnat, mais, à l'INF, il se retrouvait face à des joueurs de même niveau ou même plus forts que lui », assure l'un de ses anciens partenaires. « C'est vrai que cela n'a pas toujours été facile pour lui durant les deux années passées chez nous, reconnaît Gérard Prêcheur. Dans les clubs amateurs, on ne demande pas trop à un attaquant de défendre. Là, il s'est retrouvé au milieu des meilleurs joueurs de la région parisienne. Cela l'a poussé à se surpasser pour améliorer son jeu. »

Kylian fait face aussi à un fâcheux contretemps : l'accord conclu à l'été 2011 avec le Stade Malherbe de Caen est remis en cause. Le club normand est en grande difficulté, sportive et financière, et la situation se complique avec la rétrogradation en Ligue 2 à l'issue de la saison 2011-2012. Frank Dumas, l'entraîneur de l'équipe première, qui avait tant plu à Fayza et Wilfried, est licencié. Et, entre débourser 60 000 euros par an pour un joueur de 13 ans et conserver un ou deux employés du club, le choix est limpide pour le président du SM Caen. Laurent Glaize, par téléphone, annonce la mauvaise nouvelle à la famille.

Qu'importe la volte-face de Caen, le petit prodige de Seine-Saint-Denis attise toujours les convoitises de nombreux clubs. Plusieurs formations profitent de l'aubaine pour se manifester… Kylian a ainsi l'opportunité de tenir une promesse faite le jour de ses 10 ans. Quand son oncle Pierre Mbappé lui avait offert une maquette du stade Santiago-Bernabéu, il avait lancé à l'assemblée réunie pour le voir souffler les bougies : « Un jour, c'est moi qui vous emmènerai dans les loges du Real Madrid. » À l'époque, tout le monde avait bien ri et s'était gentiment moqué de lui. Pourtant, quatre ans plus tard, le rêve du gamin se réalise. Zinédine Zidane, en personne, invite Kylian à visiter les installations du Real Madrid. À la sortie de l'aéroport, le 16 décembre 2012, un chauffeur attend la famille accompagnée de l'oncle Pierre Mbappé et de l'ami de toujours, Alain Mboma. La suite du voyage sera racontée dans les moindres détails par Kylian : « Le premier jour, on a eu des places pour une rencontre de championnat entre le Real Madrid et l'Espanyol Barcelone. Le lendemain matin, on est arrivés au centre de formation. Zinédine Zidane nous a fait visiter, puis j'ai participé à un premier entraînement ! J'ai aussi disputé un match. Le quatrième jour, j'ai vu les joueurs. J'ai fait des photos avec tous. » Sur l'une d'elles, on aperçoit Kylian vêtu du survêtement du Real Madrid, bras dessus bras dessous avec son idole de toujours, Cristiano Ronaldo. Mais cette cour appuyée du Real Madrid ne suffit pas à faire tourner la tête du clan Mbappé. « Les gens me demandent souvent pourquoi Kylian n'est pas allé au Real, rapporte Pierre Mbappé. C'est simple : parce qu'il était très jeune et qu'il n'y avait aucune certitude que cela marche. Les gens ne se rendent pas compte de l'immense changement que cela aurait provoqué pour un garçon de 14 ans. Il aurait fallu s'adapter à une nouvelle langue, à un nouveau club et cela aurait impliqué un changement de vie pour toute une famille. Il y a donc eu des discussions et des échanges et un choix a été fait. »

Ce choix n'est pas favorable au Real Madrid, ni à Manchester City, deuxième club anglais en lice après Chelsea FC. En France, les Girondins de Bordeaux sont également renvoyés dans les cordes, tout comme le Paris Saint-Germain. Tous ces prétendants sont coiffés au poteau par un club de deuxième division, l'AS Monaco. Au printemps 2013, le club de la principauté s'apprête à retrouver l'élite du championnat de France. L'ASM dispose de moyens financiers depuis son rachat par le milliardaire russe Dmitri Rybolovlev.

Le 3 juillet 2013, après quatre ans de tractations, de rebondissements, et deux années passées à l'Institut national du football à Clairefontaine, Kylian Mbappé s'engage, officiellement, avec l'AS Monaco.

CHAPITRE 5

Le nouveau prince du Rocher

★★

La principauté de Monaco est posée sur un rocher, au bord de la mer Méditerranée, entre la France et l'Italie. C'est un parc d'attractions avec ses vitrines de luxe, ses bolides rutilants, ses hôtels et ses casinos. Un cadre de rêve qui a inspiré les plus grands champions : dans les années 1990, le pilote brésilien Ayrton Senna a remporté six fois le Grand Prix de Formule 1 qui fait trembler chaque année les murs de la ville. Entre 2005 et 2018, le joueur de tennis espagnol Rafael Nadal a arraché onze succès sur la terre battue de Monte-Carlo. De grands footballeurs ont également brillé sur la pelouse du stade Louis-II : le Brésilien Sonny Anderson, le Libérien George Weah, l'Espagnol Fernando Morientes ou encore les champions du monde français de 1998, David Trezeguet et Thierry Henry, ont marqué l'histoire de l'AS Monaco.

Depuis son plus jeune âge, Kylian est comparé à Thierry Henry, originaire, comme lui, de la banlieue parisienne. Mais lorsqu'il débarque à Monaco, à l'été 2013, le Bondynois est encore noyé dans la masse. La recrue de 14 ans est logée à la même enseigne que les autres joueurs de sa génération. Il prend ses quartiers sous les arcades du stade où une vingtaine de chambres sont mises à la disposition des jeunes recrues. Chaque matin, il monte dans un minibus en direction de La Turbie et passe la journée au centre d'entraînement. Les premières heures sont consacrées aux études ; les cours de seconde lui sont dispensés sur place. Kylian retrouve les terrains en début d'après-midi au sein du groupe U17. L'équipe, composée d'une vingtaine de joueurs nés en 1997 et 1998, est entraînée par un ancien défenseur de la « maison » : Bruno Irlès. Il est réputé intransigeant, et il n'a pas l'intention d'offrir de passe-droits à sa dernière recrue. Le formateur a détecté des lacunes dans son repli défensif. Le couperet tombe immédiatement : au moment de composer l'équipe, Kylian passe après d'autres attaquants, certes plus âgés et qui ont déjà une année d'expérience à ce niveau. Le gamin de Bondy doit apprendre à se faire à cette nouvelle vie de remplaçant. Il doit aussi s'habituer aux remontrances de son entraîneur, qui ne se prive pas de pointer du doigt son manque d'investissement. L'entrée en matière est délicate. Très loin des promesses faites au clan Mbappé lors de la signature. On imagine alors l'embarras du club, pris entre deux feux : ne pas déjuger son éducateur et calmer les inquiétudes des parents. Les échanges sont houleux, parfois virulents. Les réunions se succèdent tout au long de la saison sans que personne ne modifie sa position. Du coup, le bilan de la première année en Principauté est bien maigre : Kylian n'a disputé que la moitié des matchs et marqué cinq fois. Si l'on veut bien croire son entraîneur, il a également commis deux erreurs directes ayant coûté à chaque fois un but à son équipe.

La suite de l'aventure en Principauté est tout autre pour le jeune attaquant. À la rentrée 2013, entouré d'une nouvelle équipe d'éducateurs, Kylian retrouve le plaisir de jouer et son efficacité. Il lance sa deuxième année dans le championnat de France U17 par un doublé lors de la victoire 6-2 sur l'OGC Nice. Quelques semaines plus tard, alors qu'il n'a même pas encore 16 ans, le voilà déjà surclassé avec l'équipe U19.

La troisième saison 2015-2016 est celle de tous les records pour Kylian, qui réussit le tour de force d'inscrire des doublés lors des quatre premières journées de championnat U19. Début octobre, il compte dix buts en sept matchs joués. Quelques semaines plus tard, il intègre l'équipe réserve. Ses exploits remontent vite aux oreilles de Leonardo Jardim, qui est alors en charge de l'équipe professionnelle. À la mi-novembre, Kylian est convoqué, pour la première fois, par l'entraîneur portugais. En trois mois et

demi, il est passé du groupe U19 à celui de Ligue 1. Il n'en partira plus.

★★★★★★★★

Le 2 décembre 2015, Kylian effectue ses premiers pas en Ligue 1 face au Stade Malherbe de Caen. Le gamin de l'allée des Lilas, vêtu du maillot numéro 33, entre en jeu à la 88e minute. À 16 ans, 11 mois et 12 jours, il devient le plus jeune joueur du club à débuter en professionnel et efface une première fois Thierry Henry des tablettes. Deux mois plus tard, Kylian inscrit, face à Troyes, son premier but en professionnel. Il trouve le chemin des filets sur un plat du pied gauche à ras de terre qui prend le gardien à contre-pied. Il lui faut quelques secondes pour réaliser que tout ce qui lui arrive est bien réel. Le temps d'un regard vers la tribune où même ses parents, Wilfried et Fayza, n'en croient pas leurs yeux. À 17 ans et 2 mois, Kylian devient le plus jeune buteur en professionnel de l'histoire de l'AS Monaco… devant Thierry Henry.

La suite de la saison s'apparente à un conte de fées. Le 6 mars 2016, il signe son premier contrat professionnel avec l'AS Monaco. Kylian s'engage pour trois ans avec une prime de trois millions d'euros à la signature. Le 21 mai, il remporte la Coupe Gambardella avec sa génération. Il brille ensuite avec l'équipe nationale U19 lors de l'Euro de la catégorie en Allemagne. En finale, les Bleuets étrillent l'Italie 4-0. Autant dire que tout lui a

TRIANGLE
PARIONS sport
FEDCOM

réussi ! Enfin presque… La nouvelle pépite de l'AS Monaco doit quand même attendre le mois de septembre pour valider son baccalauréat. Il efface ses 19 points de retard au rattrapage. Preuve que même le prince du Rocher ne peut pas tout réussir du premier coup.

Son diplôme en poche, Kylian se consacre à ce qu'il aime le plus : marquer des buts et impressionner le monde du football. Le 11 février 2017, il signe son premier triplé sous les couleurs monégasques lors de la victoire 5-0 face au FC Metz. Dix jours plus tard, à l'Etihad Stadium de Manchester City, en huitièmes de finale, il inscrit son premier but en Ligue des champions. Et le 12 avril 2017, face au Borussia Dortmund, lors du quart de finale aller, il s'offre son

premier doublé européen. Pour fêter ce récital sur la pelouse du Signal Iduna Park, Kylian se lance dans une glissade et invente une nouvelle célébration. Un geste, bras croisés sur le torse et tête haute, qui fera le tour du monde. Cette posture devient la signature de ses exploits : « Avec mon petit frère, c'est parti d'un chambrage à la PlayStation. Il marque un but et il célèbre en faisant ça. Cinq minutes après, il met pause et il me dit : "Kylian, tu pourrais faire ça en match." Je lui ai dit : "Tu veux que je le fasse ? OK, je le ferai." C'est arrivé à Dortmund. Je l'ai fait. Il était content. Je lui ai dit : "Maintenant, je te la vole [la posture], c'est la mienne." » La première épopée européenne de Kylian s'achève début mai à Turin. Mais l'élimination face à la Juventus est finalement un mal pour un bien. Le 17 mai, l'AS Monaco décroche contre l'AS Saint-Étienne son huitième titre de champion de France. Kylian inscrit avec sang-froid et maîtrise le premier but de la rencontre. C'est le 26e d'une saison qui lui a également

permis de délivrer 14 passes décisives. Des statistiques dignes des plus grands attaquants européens et du jamais-vu quasiment pour un joueur de 18 ans.

MBAPPÉ

10

CHAPITRE 6

Donatello

★★

Le match est terminé depuis un moment. L'équipe de France a surclassé les Pays-Bas 4-0. Et, grâce à la victoire de la Bulgarie contre la Suède, les Bleus entrevoient la qualification pour la Coupe du monde 2018 en Russie. Au cœur du Stade de France, télévision, radio et presse écrite attendent les joueurs. À minuit passé, Kylian déboule enfin du vestiaire. Tee-shirt bleu de la sélection nationale, claquettes aux pieds et sourire aux lèvres, l'attaquant se présente face aux médias. Les micros se tendent, les questions fusent :

« Avec ce premier but en équipe de France et cette signature au Paris Saint-Germain, c'est une soirée de rêve pour vous ?

– C'est une grande journée, une belle signature, une belle victoire, un but. Une journée de rêve ? Oui, on s'en approche », répond Kylian.

Ce jeudi 31 août 2017 est à marquer d'une pierre blanche dans la carrière de Mbappé. À la 91e minute de ce France-Pays-Bas, le gamin de Bondy inscrit son tout premier but sous le maillot bleu – le quatrième et dernier de la rencontre. Une accélération sur le côté droit, un gardien hollandais désemparé ne sachant plus où regarder, un une-deux avec Djibril Sidibé, et c'est le coup de grâce, sur la droite, pour Jasper Cillessen. Dès sa cinquième sélection, Kylian devient le plus jeune buteur de l'histoire de l'équipe de France après Georges Lech qui, du haut de ses 18 ans et 5 mois (Kylian a 18 ans et 8 mois), avait marqué contre la Suisse, le 11 novembre 1963.

Un peu plus tôt, à 18 h 30, le site officiel de l'AS Monaco a rendu publique l'autre nouvelle de la journée : « L'AS Monaco souhaite le meilleur pour la suite à @KMbappe qui rejoint le @PSG_inside ! #MerciKylian. » Dans la minute suivante, le club parisien confirme l'information : « Le Paris Saint-Germain est heureux d'annoncer la signature de Kylian Mbappé ! Bienvenue, Kylian. »

Au bout de quatre ans, presque deux saisons en tant que professionnel, et 58 matchs disputés, Kylian fait ses adieux à la Principauté. Il arrive à Paris sur la base d'un prêt d'un an, assorti d'une option d'achat de 180 millions d'euros. Mbappé signe un contrat qui le lie au club parisien jusqu'au 30 juin 2022. C'est le deuxième joueur le plus cher de l'histoire du football derrière son coéquipier brésilien Neymar. Il est au cœur du transfert le plus coûteux jamais réalisé entre deux clubs français.

« Vous étiez courtisé par les plus grands clubs européens (Real Madrid, FC Barcelone, Manchester City). Pourquoi avoir décidé de rejoindre le PSG ? »

demandent les journalistes. « Pourquoi le PSG ? Parce que c'est le projet idéal pour progresser tout en jouant ; ce qui était mon principal critère. Je vais être entouré de grands joueurs donc j'ai beaucoup à apprendre. Pour moi, c'est important aussi de ne pas quitter la France après seulement six mois de haut niveau. C'était important de rentrer chez moi, dans la ville où je suis né et où j'ai grandi. »

Sa présentation officielle se déroule le 6 septembre 2017. Kylian s'avance en costume bleu, chemise blanche et cravate noire. Une tenue élégante et formelle pour le jeune homme de 18 ans aussi à l'aise pour s'exprimer en conférence de presse que pour poser lors de la séance photo. Sur la pelouse du Parc des Princes, il s'affiche d'abord à côté du président du PSG Nasser al-Khelaïfi, le maillot 29 bien en évidence. Un numéro choisi en l'honneur d'Ethan, son petit frère, né le 29 décembre. Puis vient le moment des photos de famille avec son père, son frère, son oncle Pierre et son petit cousin. La présentation officielle s'achève par un défilé sur le tapis rouge à l'entrée du stade pour saluer les supporters. L'écharpe « Ici, c'est Paris » brandie en l'air, des poignées de main, des autographes, des sautillements. « Mbappé, allez, allez, allez ! » chantent les ultras.

Le 7 septembre 2017, à la veille du match de championnat de France contre le FC Metz qui marque les débuts de Kylian sous les couleurs du PSG, le refrain « Donatello ! Donatello ! »

PARIS
MBAPPÉ
29
ooredoo

résonne haut et fort. Tout est la faute de Presnel Kimpembe. C'est lui qui l'a baptisé ainsi. Et après lui, tous commencent à l'appeler « Donatello », l'une des quatre Tortues Ninja – un comics créé en 1984 devenu un dessin animé à succès, avant d'être adapté au cinéma. Donatello, tortue au masque violet, et maître dans l'art de manier le bō (bâton en bois utilisé en ju-jitsu, art martial japonais), est l'intellectuel de la fratrie qui compte Michelangelo, Raphael et Leonardo. Et, comme eux, il aime se goinfrer de pizzas. Mbappé ne semble pas vraiment satisfait du sobriquet, mais il le prend bien. Le soir du 7 septembre, pendant que l'équipe dîne, Donatello est invité à réciter son discours. C'est la tradition lorsqu'un footballeur débarque dans une nouvelle équipe. Le garçon de Bondy monte alors sur une chaise et prend la parole : « Je me présente, je m'appelle Kylian. J'ai 18 ans, je suis un nouveau joueur. » Étape suivante : la chanson. Le nouveau numéro 29 entonne *C'est plus l'heure* de Mr Franglish, Dadju et Vegeta. L'interprétation est de piètre qualité mais elle s'achève quand même par des applaudissements nourris. Kylian offre heureusement une bien meilleure prestation, le lendemain, sur la pelouse du stade Saint-Symphorien de Metz. 59e minute : le ballon lui revient dans les pieds. La nouvelle recrue effectue une reprise de volée à ras de terre et marque. Le PSG mène alors par 2-1. Bras croisés sous les aisselles, au milieu de la pelouse, la pépite du football français célèbre son

premier but parisien. Cavani saute sur ses épaules. Neymar le prend dans ses bras et Kylian le soulève. Kimpembe, sur Instagram, offre un joli clin d'œil : « Félicitations pour ton premier but ! Donatello a encore frappé. Tu as le droit à ta pizza en récompense. »

Au cours de cette première saison parisienne, Kylian change de dimension. Il devient une star. Il engrange les récompenses collectives avec un premier triplé national : sa première victoire en Coupe de la Ligue est assortie d'un second titre d'affilée de champion de France et d'une victoire en Coupe de France. Mais la saison n'est pas terminée. Il reste encore la Coupe du monde à jouer.

MBAPPÉ

10

CHAPITRE 7

Champion du monde

★★

Kylian s'avance dans le stade de Kazan, dans l'ouest de la Russie, avec le 10 désormais floqué dans le dos. Un numéro qui lui permet de s'inscrire dans la lignée des plus grands joueurs français : Zinédine Zidane, héros de tout un pays lors du premier sacre des Bleus, vingt ans plus tôt et, avant lui, Michel Platini dans les années 1980. Ce 16 juin 2018, face à l'Australie, Kylian fait enfin connaissance avec la Coupe du monde, la compétition qui l'a guidé depuis ses débuts dans le football. Mais, à l'image des Bleus qui s'imposent laborieusement deux buts à un, l'attaquant du Paris Saint-Germain se montre décevant. Il manque de tranchant offensivement et son travail défensif laisse à désirer. Heureusement, cinq jours plus tard, dans le stade d'Ekaterinbourg, pour le deuxième match du tournoi face au Pérou, l'attaquant retrouve son football. À la 34e minute, il prolonge dans le but vide une frappe d'Olivier Giroud qui vient d'être détournée par le gardien péruvien. L'ancienne pépite de Bondy offre la victoire 1-0 à sa sélection. Il devient à 19 ans et 6 mois le plus jeune buteur français dans la compétition. Il fait mieux que ses illustres compatriotes,

Zidane, Henry et Trezeguet, et marche sur les traces d'autres légendes du ballon rond comme l'Anglais Michael Owen, l'Argentin Lionel Messi et le roi Pelé qui avait fait trembler les filets à 17 ans à la fin des années 1950. La comparaison avec le prodige du foot brésilien est de nouveau d'actualité, le 30 juin. Après avoir décroché la première place de son groupe à l'issue d'un match nul contre le Danemark, la France défie la bande de Lionel Messi, finaliste de la Coupe du monde 2014 au Brésil. Ce France-Argentine à Kazan est l'affiche des huitièmes de finale et Kylian en fait son affaire… À la 13e minute, il récupère le ballon à une trentaine de mètres de ses buts et se lance dans une incroyable chevauchée. Il élimine deux joueurs, dépose un troisième adversaire aux abords du rond central puis relance la machine dans les 35 derniers mètres. Il prend alors l'avantage sur Marcos Rojo et pousse le défenseur argentin à la faute dans sa surface de réparation. Penalty ! La sentence est transformée par Antoine Griezmann. Kylian monte encore d'un cran en seconde période : à la 64e minute, il redonne tout d'abord l'avantage (3-2) aux Français en plaçant le ballon hors de portée de Franco Armani. Puis, quatre minutes plus tard, il met définitivement son équipe hors de portée des Argentins sur un plat du pied droit impeccablement croisé. Avec un penalty provoqué et deux buts inscrits, le numéro 10 est logiquement élu homme du match (4-3). Le Français est déjà perçu comme la révélation du tournoi, le nouveau phénomène du football mondial.

À l'issue du match, l'Argentin Jorge Valdano, sacré champion du monde au Mexique en 1986 avec Maradona, oublie sa déception pour faire l'éloge du jeune buteur : « Mbappé est solide comme l'acier, rapide comme le vent, il a fait une entrée fracassante dans l'histoire du football, effaçant tout ce qu'il y avait avant lui. On n'avait pas vu une telle vitesse depuis le Brésilien Ronaldo. »

En effet, sur l'action qui a amené le penalty, Kylian a été chronométré à 37 km/h. « 37 » est d'ailleurs son nouveau surnom dans le vestiaire de l'équipe de France. Et ce n'est pas tout : l'ancien monégasque devient le deuxième joueur de moins de 20 ans à inscrire un doublé en Coupe du monde. Seul le roi Pelé avait réalisé une telle performance, en 1958, lors de la finale face à la Suède. Alors la légende brésilienne salue à son tour le prodige : « Félicitations, Kylian Mbappé ! Deux buts dans une Coupe du monde si jeune. Vous voilà en bonne compagnie ! Bonne chance pour les prochains matchs. Sauf contre le Brésil ! »

Le vœu de Pelé est exaucé. En quarts de finale, la France se frotte à la sélection uruguayenne (2-0) puis obtient sa place pour la finale en battant de justesse la Belgique (1-0). Sur ces deux rencontres, Kylian n'est pas aussi flamboyant. Face aux Diables Rouges d'Eden Hazard, il a quand même réalisé un geste qui a soulevé à nouveau l'admiration générale : une talonnade géniale à l'attention d'Olivier Giroud.

« Comment défendre face à Mbappé ? s'interroge l'ancien défenseur international anglais Rio Ferdinand. Vous regardez vers le ciel et vous demandez de l'aide ! »

« Je l'aime vraiment beaucoup. C'est la révélation du Mondial pour moi », confie de son côté l'Argentin Diego Armando Maradona.

Devant tant de louanges, Kylian n'a plus qu'à frapper un dernier coup lors de la finale de la Coupe du monde, jouée à Moscou, le 15 juillet 2018 face à la Croatie. Le score est de deux à un en faveur des Bleus, lorsque la nouvelle étoile du football tricolore récupère un ballon envoyé en profondeur, à la 59e minute. Le jeune attaquant entre dans la surface, fixe un adversaire et parvient en bout de course à glisser le ballon en retrait à Griezmann qui décale Paul Pogba. Le milieu de Manchester United marque du gauche (3-1). Peu de temps après, Kylian campe plein axe, aux 25 mètres, lorsqu'il hérite d'une bonne passe de Lucas Hernandez. Il a le temps de contrôler le ballon, de regarder la position du gardien croate, Danijel Subašić, et d'ajuster du pied droit au ras du poteau son ancien partenaire à l'AS Monaco. La balle rebondit une fois avant de s'écraser dans les filets (4-1).

En six minutes et deux actions, l'attaquant parisien a fait basculer cette finale. L'erreur du gardien français Hugo Lloris sur la réduction du score de Mandžukić ne remet pas en cause ce succès (4-2). Vingt ans après la génération de Zizou, l'équipe de France est sacrée championne du monde de football. Kylian termine la compétition avec 4 buts et le trophée de Meilleur jeune du tournoi. À 19 ans, il accomplit son rêve de gamin. Sur la pelouse de Loujniki, l'enfant de Bondy n'offre pas de démonstration de joie excessive. Il affiche seulement un large sourire et délivre une première réaction à la télévision qui en dit long sur l'ambition du garçon : « La route a été longue, mais cela valait le coup. On est champions du

monde et on est très fiers. On voulait rendre les gens heureux et c'est pour cela que l'on fait tout ça. J'ai toujours dit que je ne voulais pas être de passage dans le football… »

MBAPPÉ

10

CHAPITRE 8

Déceptions et bonheur

★★

Deux ans plus tard, le 23 août 2020, au Stade de la Luz de Lisbonne, Kylian dispute, face au Bayern Munich, sa première finale de Ligue des champions. L'équipe allemande s'est montrée intraitable jusque-là, infligeant un 8-2, en quarts de finale, au FC Barcelone de Lionel Messi. Mbappé compose avec Neymar et Ángel Di María, le trio offensif du PSG. L'attaquant français fait l'objet d'une attention particulière.

La défense du Bayern redoute sa pointe de vitesse. Alors quatre joueurs l'entourent sur chacune de ses prises de balle. Cela n'empêche pas le garçon de Bondy d'avoir une grande opportunité en fin de première période : à la 45e minute, il combine avec Ander Herrera et hérite d'un ballon aux 6 mètres, face à la cage de Manuel Neuer. Il a tout le temps de contrôler et d'ajuster le tir, mais il n'appuie pas assez sa frappe et le gardien du Bayern Munich s'empare aisément du ballon.

Kylian vient de gâcher une occasion en or. Celle qui aurait changé le cours du match. Et ce raté inhabituel du champion du monde donne la chance à un autre international tricolore. À la 59e minute, Kingsley Coman, formé au

PSG, est à la réception au second poteau d'un centre de Kimmich. Le Français du Bayern Munich place une tête hors de portée de Keylor Navas. 1-0. C'est le seul but du match. Le PSG n'a pas les jambes pour revenir au score : à l'image de son numéro 7, le club, multiple champion de France, laisse passer l'opportunité de régner pour la première fois sur l'Europe. « Déçu de ne pas conclure cette année avec la plus belle des récompenses, mais la vie est faite ainsi. On s'est battus de toutes nos forces. Félicitations au Bayern. Et un grand merci pour votre soutien. » Quelques heures après la finale, Kylian se montre bon perdant en postant ce message sur les réseaux sociaux. Une manière de mettre un point final à une saison pas comme les autres... Une saison marquée par l'épidémie de COVID-19, le confinement, les milliers de victimes, le sport à l'arrêt. Une saison qui a offert à Kylian son quatrième titre de champion de France, le troisième d'affilée avec le PSG, le Trophée des champions, la Coupe de France et la Coupe de la Ligue. Une ribambelle de titres nationaux qui ne suffit pas à faire oublier la défaite en finale de la Ligue des champions. « Une déception incroyable », admet Kylian, qui va connaître un échec encore plus cuisant dix mois plus tard. Cette fois avec les Bleus.

L'Euro 2020 a été décalé d'un an en raison de la pandémie de coronavirus. La compétition se dispute entre le 11 juin et le 11 juillet 2021, dans onze villes du continent. L'équipe de France avance en favorite avec son statut de championne du monde. Elle se présente même en épouvantail depuis que Didier Deschamps a rappelé Karim Benzema en sélection. Kylian se réjouit d'être aligné aux côtés du nouveau capitaine du Real Madrid.

Le 28 juin 2021 à Bucarest, la France retrouve la Suisse. L'adversaire des huitièmes de finale s'annonce comme la victime idéale pour voir, enfin, le premier but de Mbappé dans la compétition. Ce sont pourtant les Helvètes qui virent en tête à l'issue de la première période grâce à Haris Seferović. Les Français frôlent la catastrophe à la 55e minute, sur un penalty de Ricardo Rodriguez repoussé par Hugo Lloris. Deux minutes plus tard,

Kylian remise en une touche de balle pour Benzema qui signe un enchaînement génial pour l'égalisation. Le duo est encore décisif sur le 2-1 : Kylian talonne pour Griezmann dont la frappe lobée est rabattue au second poteau par l'attaquant du Real Madrid. En moins de deux minutes, les Bleus ont repris les commandes de la partie. L'équipe de Didier Deschamps se détache irrésistiblement sur une frappe de Paul Pogba. Mbappé peut sauter au cou de son milieu de terrain. Le quart de finale est en vue. Pourtant le match connaît un nouveau rebondissement dans les dix dernières minutes : Seferović, à la 81e, puis Mario Gavranović, au bout du temps réglementaire, arrachent le match nul (3-3) et la prolongation. Impensable… comme les occasions manquées par Kylian Mbappé. Les statistiques sont impitoyables : 6 tirs, 0 cadré.

Et voilà pourtant le numéro 10 des Bleus qui s'avance pour placer le ballon sur le point de penalty. Il est le dernier tireur de la séance des tirs au but. Les neuf joueurs qui l'ont précédé n'ont pas tremblé. Les cinq Suisses et ses quatre coéquipiers ont tous marqué. Il n'a pas le droit à l'erreur. Il choisit de tirer à droite du gardien. Sa frappe est cadrée, tendue même, mais à mi-hauteur. Juste à l'endroit où Yann Sommer a choisi de plonger. Le gardien suisse n'a aucun mal à repousser la balle sous le regard impuissant du tireur. La France est éliminée de l'Euro. Kylian reste prostré, seul sur la pelouse pendant que Sommer emmène ses partenaires fêter la qualification devant les supporters rouge et blanc.

★★★★★★★★

À l'automne 2021, le numéro 10 des Bleus offre heureusement une réponse de champion aux critiques qui ont suivi son tir au but manqué. Il participe au premier sacre de l'équipe de France dans la Ligue des nations de l'UEFA. Lors de la phase finale, du 6 au 10 octobre en Italie, il est décisif lors des deux matchs couperets. En demi-finale, à Turin, contre la Belgique, il honore sa 50e sélection en signant, à l'heure de jeu, la passe décisive sur la réduction du score de Karim Benzema, puis en transformant le penalty du 2-2. Le gamin de Bondy est ensuite aux premières loges pour admirer le coup de canon de Théo Hernandez qui offre la qualification aux joueurs de Didier Deschamps. Trois jours plus tard, cette fois au stade San Siro de Milan, Kylian fait basculer une finale bien mal engagée contre l'Espagne. Deux minutes après le premier but de Mikel Oyarzabal, il trouve Karim Benzema. Le capitaine madrilène décoche une frappe enroulée qui termine dans la lucarne opposée. 1-1. L'attaquant du PSG se charge ensuite de faire la décision. À la 80e minute, il profite d'une passe de Théo Hernandez pour inscrire le but du 2-1, celui de la victoire. À 22 ans, il soulève son deuxième trophée avec les Bleus. Après deux énormes déceptions, il goûte à nouveau au bonheur…

MBAPPÉ

10

CHAPITRE 9

L'idole du Parc

★★

« *Welcome to Paris, Leo.* »[1] Le 12 août 2021, deux jours après l'officialisation de l'arrivée de Lionel Messi au Paris Saint-Germain, Kylian poste sur ses réseaux sociaux un message de bienvenue. L'annonce est accompagnée d'une série de quatre photos mettant en scène sa première rencontre avec la légende argentine. Après 22 ans, 778 matches, 678 buts, 35 titres et 6 Ballons d'or, « la

1. Traduction : « Bienvenue à Paris, Leo. »

Puce »[2] quitte le FC Barcelone pour rejoindre le championnat de France. Ses grands débuts ont lieu le dimanche 29 août à Reims. Le stade Auguste-Delaune a vu passer une ribambelle de champions depuis son ouverture le 2 juin 1935. Raymond Kopa, Ballon d'or en 1958, Just Fontaine, meilleur buteur de la Coupe du monde la même année en Suède avec 13 buts, et Michel Hidalgo, l'entraîneur qui a mené l'équipe de France à la victoire lors du championnat d'Europe de 1984, ont écrit les plus belles pages du club. Les stars de l'équipe nationale américaine, Alex Morgan et Megan Rapinoe, ont également foulé cette pelouse lors de leur parcours victorieux de la Coupe du monde féminine

2. Le surnom de Lionel Messi. « *La Pulga* » en espagnol.

2019. Autant de champions qui ont fait l'histoire de cette cathédrale du football français. Pourtant, personne, à Reims, ne se souvient d'une nuit comme celle du dimanche 29 août 2021. Le stade affiche complet depuis des semaines. Le nombre de télévisions, de journaux, de radios et de sites web accrédités est impressionnant : on en compte plus de 130. Tout le monde veut assister aux débuts de Leo Messi. À la 66e minute, Mauricio Pochettino, l'entraîneur argentin du Paris Saint-Germain, rappelle Neymar sur le banc. Dans la foulée, il lance Messi sur le terrain avec le numéro 30 sur les épaules. Les 20 000 spectateurs se lèvent, applaudissent et scandent le nom de l'Argentin. Kylian est loin d'avoir reçu un tel accueil. Lors de la présentation des deux équipes, il a essuyé les huées de ses propres supporters. Les fans du PSG sont inquiets et irrités à l'idée que l'enfant de Bondy rejoigne le Real Madrid et quitte Paris en fin de saison. Le numéro 7 répond à la défiance d'une partie des tribunes en signant un doublé qui éclipse les grands débuts de Messi. Et il en est ainsi pour toute la saison 2021-2022. Kylian s'affirme comme le maillon indispensable de la « MNM », comme on surnomme désormais le trio Mbappé, Neymar, Messi. Si l'Argentin décroche un 7e Ballon d'or en décembre 2021, le Bondynois est bien le patron sur le terrain. Il est omniprésent dans toutes les compétitions. En Ligue des champions, il est décisif. En championnat, il est un insatiable pourvoyeur de ballons

MBAPPÉ
29
QNB
10

et un redoutable finisseur. D'ailleurs, ses détracteurs estivaux ont vite revu leur position. Le Parc des Princes mesure chaque week-end la dépendance de l'équipe à son international français. Kylian est aérien alors que Messi peine à retrouver sa magie barcelonaise et que Neymar se montre toujours aussi inconstant.

★★★★★★★★

15 février 2022, huitièmes de finale de la Ligue des champions : PSG-Real Madrid. L'affiche s'annonce comme un crève-cœur pour Kylian, même si l'intéressé éteint très vite les moindres doutes sur sa motivation : « La seule chose que j'ai en tête est de battre le Real Madrid, déclare-t-il. Paris est ma

ville, c'est là où je suis né, c'est là où j'ai grandi. Ça fait deux ans que nous faisons finale, demi-finale, mais maintenant on veut gagner. »

Cette double confrontation promet un duel entre les deux meilleurs attaquants français du moment. Karim Benzema réalise, à 34 ans, sa meilleure saison sous le maillot madrilène. Il caracole en tête du classement des buteurs de la Liga. Pourtant, l'idole du stade Bernabéu se remet tout juste d'une blessure à la cuisse gauche. Mais il n'est pas question de manquer les retrouvailles avec son partenaire de sélection : « C'est un grand match, explique Benzema, la veille de la rencontre. Être face à Kylian, c'est particulier parce qu'on joue ensemble en équipe de France et, comme on le sait, il pourrait arriver au Real un jour (sourire), on ne sait pas. Le plus important, c'est de gagner. L'amitié, ce sera après… »

★★★★★★★★

Le 15 février, la première manche tourne en faveur du PSG. Le Real Madrid est inexistant, à l'image de Karim Benzema qui traîne sa peine à la pointe de l'attaque espagnole. En face, Kylian est flamboyant et décisif. Il obtient un penalty, manqué par Lionel Messi. Il débloque le match en trouvant l'ouverture dans le temps additionnel.

Malheureusement, le scénario est tout autre deux semaines plus tard. Lors du huitième de finale retour, Kylian vit une nouvelle désillusion. Ce 9 mars 2022, à

Santiago-Bernabéu, il est pourtant dans tous les bons coups en première période. Il se voit tout d'abord refuser un but pour une position de hors-jeu. Mais il oublie vite sa déception : à la 39e minute, il inscrit le 1-0 sur une frappe gagnante qui surprend Thibaut Courtois, le gardien du Real. À cet instant, le numéro 7 place son équipe en position idéale pour une qualification en quarts de finale. Il s'affirme aussi comme un joueur indispensable du club parisien. Il vient d'ailleurs d'inscrire son 157e but sous le maillot du PSG. L'enfant de Bondy devient le deuxième meilleur buteur de l'histoire du club devant le Suédois Zlatan Ibrahimović (156).

En seconde période, Kylian pense un instant se rapprocher du record de 200 buts détenu par l'Uruguayen

Edinson Cavani. Mais son doublé est annulé par la VAR. Ce nouveau but refusé à Mbappé permet à un autre champion français de s'illustrer. En l'espace de dix-sept minutes, Karim Benzema renverse tout sur son passage. Tout d'abord, le numéro 9 du Real pousse à la faute Gianluigi Donnarumma, le gardien parisien, pour ramener le score à 1-1. Il inscrit ensuite le 2-1 et, deux minutes plus tard, cette fois sur une erreur de Marquinhos, le 3-1. Le triplé historique de Benzema envoie le Real Madrid en quarts de finale. Le PSG est éliminé et ramené à ses vieux démons.

Que peut-on reprocher au numéro 7 à l'issue de cette élimination ? Pas grand-chose, il a été le seul Parisien à se montrer à la hauteur de l'enjeu.

Le 13 mars, le Parc des Princes réserve un accueil glacial à son équipe lors de la réception des Girondins de Bordeaux en championnat. Neymar et Messi sont les principales cibles du public. Les deux Sud-américains sont sifflés et conspués durant toute la partie. Kylian est, en revanche, applaudi et ovationné à chacune de ses prises de balle. Malgré la concurrence des deux stars, il est devenu, à 23 ans, la nouvelle idole du public parisien.

MBAPPÉ

10

CHAPITRE 10

L'heure du choix

★★

Quand le président de la République te dit : « Je veux que tu restes. Je ne veux pas que tu partes maintenant. Tu es tellement important pour le pays », ça compte ! Kylian n'avait pas imaginé un instant qu'il évoquerait un jour ses choix de carrière avec le président français. Cela paraissait impensable. Et pourtant, c'est ce qui vient d'arriver. Emmanuel Macron est un fervent supporter de l'attaquant. Il l'a décoré de la Légion d'honneur en 2019 et l'a même invité à dîner au Palais de l'Élysée. Le président de la République française a toujours loué son attitude. Il s'est félicité que Kylian garde la « tête sur les épaules », se tienne « loin des dérives de la célébrité » et montre son « engagement hors du sport ». Emmanuel Macron a échangé à de nombreuses reprises avec le jeune attaquant, lui donnant au passage quelques conseils. Pourtant, lorsqu'il est interrogé sur son rôle joué dans le choix de l'attaquant des Bleus, le chef de l'État tempère : « Je vous rassure, je n'interviens dans aucun transfert. Je suis comme chaque citoyen quand il s'agit de sport, avec une volonté de voir du beau jeu et de soutenir une équipe, en l'occurrence l'Olympique de Marseille.

J'ai eu une discussion avec Kylian en amont, simplement pour lui conseiller de rester en France. Quand il est sollicité de manière informelle et amicale, c'est le rôle d'un Président de défendre son pays. »

Dans cette « affaire », un ancien président de la République est également intervenu. Nicolas Sarkozy s'est mué en conseiller. Il a énormément insisté pour que Kylian reste au PSG. « Tu n'as pas gagné la Ligue des champions avec Paris. Les autres l'ont gagné 13 fois. Tu es l'homme des challenges », lui a-t-il soufflé.

« C'est là qu'on voit que le football a changé et qu'il occupe aujourd'hui une place importante dans la société, dit Mbappé. Mais c'est important de savoir aussi rester à sa place malgré l'importance qu'on peut me donner dans le pays. »

★★★★★★★★

C'est vrai : au printemps 2022, l'avenir de Kylian devient presque une affaire d'État. L'attaquant a le choix entre prolonger son contrat avec le PSG ou accepter l'offre du Real Madrid, le club aux 13 victoires en Ligue des champions, celui où il rêve de jouer depuis son enfance. Sa décision tient en haleine les supporters parisiens comme les fans de l'équipe espagnole. Le suspense est insoutenable. D'ailleurs, une semaine avant la dernière journée du championnat de France, personne n'est en mesure de dévoiler son choix.

Samedi 21 mai 2022. Le Paris Saint-Germain reçoit le FC Metz pour le baisser de rideau de la saison de Ligue 1. Le match se joue à guichets fermés pour la présentation du 10e trophée de champion de France remporté par le club de la capitale. En coulisses, un autre match se joue depuis la veille. Les dirigeants du PSG et les représentants de Kylian Mbappé s'activent sur les contours d'un nouveau contrat. À quelques heures du coup d'envoi de la rencontre, rien n'est encore signé. Alors, en début d'après-midi, Nasser al-Khelaïfi, le président du Paris Saint-Germain, accède aux dernières exigences des représentants de l'international français. Le numéro 7 devient le joueur le mieux payé de l'histoire du football. Il aura même désormais son mot à dire sur la nouvelle organisation du club.

Nasser al-Khelaïfi remporte son match à distance avec Florentino Pérez. Le président du Real Madrid est prévenu directement par Kylian qui lui annonce sa décision ainsi : « Je vous communique que j'ai décidé de rester au PSG. Je tiens à vous remercier pour l'opportunité que vous m'avez donnée de jouer pour Madrid. » Le président Merengue lui répond : « Bonne chance à vous. »

Pourtant à Madrid, le choix du Français est vécu comme une trahison. *Marca,* le journal sportif de la capitale espagnole, fulmine : « Il faut avoir de la classe pour jouer au Real. » Les journalistes reprochent à Kylian de ne pas avoir tenu sa parole : « Mbappé a montré qu'entre son rêve d'enfant et son porte-monnaie, il préfère le porte-monnaie. [...] Tu seras toujours un perdant à partir de maintenant. »

★★★★★★★★

Samedi 21 mai. 20 h 50. Kylian entre sur la pelouse du Parc des Princes. Il apparaît tout sourire aux côtés de son président. Il vient confirmer la bonne nouvelle aux supporters. L'attaquant prend le temps de grimper sur l'estrade, se saisit du micro qui lui est tendu et lève définitivement le voile sur son avenir dans une ambiance de corrida : « Bonsoir à tous, je suis très content de continuer l'aventure. Content de rester ici en France, dans ma ville. J'ai toujours dit que Paris c'était ma maison et j'espère que je vais continuer à faire ce que j'aime le plus, c'est-à-dire jouer au football et gagner des trophées. » Chacun de ses mots est accompagné par les vivas de la foule. Des « Mbappéééééé Mbappééééééé » descendent des quatre tribunes pendant qu'il enfile un tee-shirt « Kylian, c'est Paris ».

L'idole du Parc des Princes fête sa prolongation par un récital sur le terrain. À la 25e minute, l'international français se distingue déjà. Sur une ouverture côté droit, il élimine le gardien du FC Metz et place le ballon entre les jambes du dernier défenseur. 1-0. Trois minutes plus tard, Kylian résiste côté gauche à deux défenseurs avant de battre, cette fois avec un peu de réussite, Marc-Aurèle Caillard. 2-0. Au retour des vestiaires, il porte le score à 4-0 pour son troisième but personnel.

Ce triplé clôt une saison exceptionnelle sous le maillot du PSG. En 46 matchs officiels, Mbappé a inscrit 39 buts et donné 26 ballons décisifs. Avant de quitter le Parc des Princes, la star de la soirée prend le temps de vider son placard dans le vestiaire. Devant la caméra, il s'amuse à placer une à une, dans son sac, les différentes récompenses reçues : le trophée de meilleur buteur du championnat de Ligue 1 (28 réalisations), le trophée de meilleur passeur (17 passes contre 14 pour Leo Messi), son 5e titre de champion de France et le ballon du match offert après ses trois buts contre Metz. En revanche, son contrat en or qui le lie désormais au PSG jusqu'au 30 juin 2025 a été rangé discrètement, à l'abri des regards…

CHAPITRE 11

« Nous reviendrons »

★★

Mbappé contre Messi. Voilà l'affiche de la finale de la Coupe du monde 2022. Pourtant, pour rejoindre l'Argentine en finale de la compétition, l'équipe de France a pu compter aussi sur son gardien Hugo Lloris, son milieu de terrain Antoine Griezmann et le meilleur buteur de l'histoire des Bleus, Olivier Giroud. Mais en l'absence du Ballon d'or Karim Benzema, blessé, Kylian a joué les premiers rôles au Qatar. Il a marqué une fois face à l'Australie et à deux autres reprises contre le Danemark. La star du PSG a réalisé un nouveau doublé contre la Pologne avant de se montrer plus discrète contre l'Angleterre et le Maroc. Les fans tricolores espèrent que le numéro 10 va terminer en beauté la compétition et sortir le grand jeu pour aller chercher la troisième étoile. Le 18 décembre 2022, les 89 000 spectateurs du stade de Lusail et un milliard d'autres agglutinés devant leur écran sont servis. Le dénouement de cette première Coupe du monde hivernale est renversant.

Les quatre-vingts premières minutes sont pourtant moroses pour les supporters français. À la 23e minute, Lionel Messi trompe Hugo Lloris sur penalty et, avant le repos, l'ancien joueur de Paris,

Ángel Di María, offre deux buts d'avance aux Sud-américains. Dans les vestiaires, le sélectionneur Didier Deschamps donne de la voix : « On dirait que vous ne jouez pas une finale de Coupe du monde... », lâche-t-il à ses joueurs. Mais cela n'a pas d'effet immédiat. Il faut attendre les dix dernières minutes pour que Randal Kolo Muani sonne le réveil des Bleus. L'attaquant de Francfort, originaire de Bondy lui aussi, obtient un penalty. Kylian se saisit du ballon et fait trembler les filets malgré la bonne inspiration du gardien argentin. Les Français sont transcendés et, deux minutes plus tard, ils recollent déjà au score : Mbappé combine de la tête avec Marcus Thuram qui lui remet le ballon dans la course. À l'entrée de la surface, Kylian achève l'action d'une volée du droit. 2-2… Le titre va se jouer en prolongation ! Comme dans un match de boxe, Français et Argentins se rendent alors coup pour coup. Les occasions s'enchaînent d'un camp à l'autre. À la 109e minute, Lionel Messi profite d'un ballon repoussé par Lloris pour signer son second but de la soirée. 3-2. L'*Albiceleste* reprend l'avantage mais pas pour longtemps. Sept minutes plus tard, Gonzalo Montiel détourne du bras une frappe de Mbappé. Nouveau penalty. L'attaquant du PSG ne se démonte pas et prend cette fois Damián Martínez à contre-pied. 3-3. Dans la foulée, les Bleus se procurent la balle de match : Randal Kolo Muani se présente seul face au gardien argentin, mais ce dernier prive le jeune attaquant d'un but décisif.

L'équipe de France va jouer la victoire finale aux tirs au but. Kylian montre la voie en gagnant un nouveau duel face à Damián Martínez. Mais Kingsley Coman puis Aurélien Tchouaméni manquent leurs tentatives. L'Argentine décroche sa troisième couronne mondiale au Qatar. Malgré sa performance héroïque, Kylian Mbappé est un roi déchu. Ses trois buts en finale, une première depuis l'Anglais Geoff Hurst en 1966, ne suffisent pas à gommer sa tristesse. Pas plus que son titre de meilleur buteur de la compétition avec huit réalisations. La déception est immense mais le champion sèche vite ses larmes pour lancer une promesse aux supporters : « Nous reviendrons… »

Fin

MBAPPÉ

10

Retrouve très prochainement
une nouvelle biographie
DESTINS DE
CHAMPIONS
en Bibliothèque Verte, bien sûr !
Pour tout connaître sur tes séries préférées,
va sur le site :
www.bibliotheque-verte.com

QUIZ

Connais-tu vraiment Kylian Mbappé ?

1. À quel âge Kylian intègre-t-il le club de l'AS Bondy ?

   a. 6 ans

   b. 8 ans

   c. 10 ans

2. Dans quelle ville se situe le camp de base de l'équipe de France où Kylian fait son apprentissage ?

   a. Paris

   b. Rambouillet

   c. Clairefontaine

3. Dans quel club fait-il ses débuts en professionnel ?

a. Le Real Madrid

b. Le Paris Saint-Germain

c. L'AS Monaco

4. Quel surnom lui donnent ses coéquipiers au PSG ?

a. Othello

b. Donatello

c. Raffaello

5. Combien de buts marque-t-il lors de la finale de la Coupe du monde 2018 contre la Croatie ?

a. 1 but

b. 2 buts

c. 3 buts

Réponses 1-a ; 2-c ; 3-c ; 4-b ; 5-a

TABLE

PAPIER À BASE DE FIBRES CERTIFIÉES

hachette s'engage pour l'environnement en réduisant l'empreinte carbone de ses livres. Celle de cet exemplaire est de :
400g éq. CO_2
Rendez-vous sur www.hachette-durable.fr

Photogravure Nord Compo - Villeneuve-d'Ascq
Imprimé en Roumanie par Rotolito Romania
Dépôt légal : mars 2023
Achevé d'imprimer : août 2024
21.6162.7/10 – ISBN 978-2-01-720404-6
Loi n° 49956 du 16 juillet 1949
sur les publications destinées à la jeunesse